KB130465

오월이 오는 길

_______________ 께

소중한 마음을 담아 드립니다.

20 . . .

_______________ 드림

오월이 오는 길

초판 1쇄 발행 2017년 1월 23일
3쇄 발행 2017년 4월 5일

지은이 위재천 · **발행인** 권선복 · **편집주간** 김정웅 · **디자인** 김소영 ·
마케팅 권보송 · **발행처** 도서출판 행복에너지 · **출판등록** 제315-2011-000035호
주소 (157-010) 서울특별시 강서구 화곡로 232 · **전화** 0505-613-6133 · **팩스** 0303-0799-1560 ·
홈페이지 www.happybook.or.kr · **이메일** ksbdata@daum.net

값 15,000원

ISBN 979-11-5602-451-4 (03810)

도서출판 행복에너지

머리말

문학 소년의 꿈을 접은 채 스물다섯 해 넘게 공직자로 먼 길을 걸어왔습니다. 그 여정에서 아리고 슬픈 일이 있을 때마다 떠오르는 것은 시와 그리운 사람들이었습니다. 삶의 변곡점에서 마음의 울림이 있으면 이따금 적어 오고는 있었지만, 본격적인 시 공부나 글쓰기는 미루면서 대신 시를 외우고 그 낭송을 통해 아쉬움을 달래 오고 있었습니다.

작년 봄날, 불현듯 스치는 바람이 그동안의 삶을 돌아보게 하였습니다.

'지금까지 시를 쓰는 것이 혹시 걸림돌이 되지 않을까 염려하면서 세상의 꿈을 좇아 앞만 보고 살아왔구나.'

그러다가 어느 순간 모두 놔 버리니 꽃이 바람이 부처가 보이고, 그들이 씨줄과 날줄로 엮어지며 시가 되어 맴돌기 시작하였습니다. 그 후 보이는 것들이 온통 아름답고 또한 그들이 소곤소곤 말을 걸어오곤 합니다.

지난 4월에 우연히 하상 신영학 시인과 함께 협업시집『가슴으로 피는 꽃』을 출간한 이후에『한맥문학』을 통해 시인으로 등단을 하였습니다. 이후 가끔 선물처럼 찾아온 시상을 옮기면서 이를 통해 4차 산업혁명 시대에 더욱 혁신적이고 아름다운 세상을 만들 수 있지 않을까 하는 생각에 이르게 되었습니다. 그 일환으로 같이 근무하는 직원, 유관단체 임원들과 시를 매개로 서로 뜻과 마음을 나누면서 그들의 꿈과 사랑이 담긴 글을 모아 오늘에 이르게 되었습니다.

아직 많이 부족한 글이지만 이를 계기로 마음을 더욱 깊이 들여다보며 일상의 삶 속에서 느끼는 조그만 행복과 깨달음을 통해, 우리 모두가 행복해지고 더욱 밝고 고운 세상으로 가는 디딤돌이 되었으면 하는 바람을 담아 용기를 내어 엮게 되었습니다.

천수만 바람 스쳐가는 텅 빈 들녘에 여명이 밝아오는 걸 지그시 바라보며….

2017. 1. 예천동 청사에서
위재천

CONTENTS

1부 – 사계(四季)

아니에요 할아버지! 이건 꽃눈, 꽃눈이에요

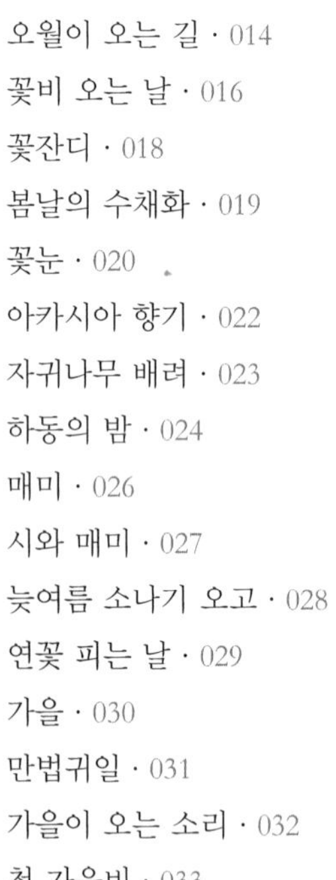

2부 - 불심(佛心)

저분을 쫓아가 말아, 번뇌만 팔만사천

3부 - 추억(追憶)

우리 할매, 봄바람 따라 건너오시네

4부 - 일상(日常)

그 긴 목을 따라, 한 우주가 사라졌다

특별기고

서해 바다가 빚은 사람과 삶 그리고 시

1부 – 사계(四季)

아니에요 할아버지! 이건 꽃눈, 꽃눈이에요

오월이 오는 길

봄볕 따스한
언덕에 누워
숲 속의 하루를 듣는다

물소리
물소리
또 물소리 들리고

찌르르르
찌르르르
새소리 실려 오고

한가한 구름
처-언 천히
남으로 흘러가고

오월은 저기서

스르르 잠긴

두 눈 사이로 오고 있더라

※ 2016. 6.『한맥문학』 등단 시

꽃비 오는 날

봄비 잠시 멎어
벚꽃 사진 몇 장
남기려고
호수공원에 나갔지.

돌면서 구도 잡다
다시 비 내려,
나무 아래 피하는데
방울방울 떨어진다.

꽃비, 꽃비다
며칠 씻지 않아야지,
그때 새 하나 날아와
꽃에 입을 맞춘다.

"너는 누구니?"

아니에요 할아버지! 이건 꽃눈, 꽃눈이에요

"바람이에요."
"시 쓰신다니
무슨 샌지 아실 거고."

미안하구나,
마음 깊이 새겨둘게.

꽃잔디

밤이면
들꽃이 모두,
문을 닫고
쉬는 줄 알았지.

이른 새벽
찾아갔더니,
꽃잔디 몇 송이
피어있더군.

왜 자지 않고
그렇게 있니?

말없이,
졸고 있는
애기 꽃들을
가리키더라.

※ 2016. 6. 『한맥문학』 등단 시

봄날의 수채화

아침 창밖에
연분홍 진달래,
물오른 수양버들
하얀 자두꽃도 피네.

가만히 문 여니
휘파람새 소리,
선잠 깬 계곡물 따라
실려 오고 있다네.

사월의 햇살도
너무 눈이 부셔,
구름에 걸터앉아
쉬고 있네요.

꽃눈

사월 어느 날,
다섯 살 손녀와
걷는
흐드러진 벚꽃 길.

때마침 비 내려,
하늘에서
꽃비
꽃비가 오는구나.

아니에요
할아버지!
이건
꽃눈, 꽃눈이에요.

그렇구나!

그렇구나!

※ 2016. 6.『한맥문학』등단 시

아카시아 향기

봄 익는 오월
뻐꾹 뻐꾸기 소리

앞산엔 온통
하얀 아카시아 잔치

은은한 향내
온 마을을 뒤집는다

다섯 살 손녀
엄마! 공기가 달아

자귀나무 배려

호수에 비친
자귀나무
연분홍 꽃이
하도 고와서

구경 나온
어린 친구들이
자꾸 자꾸만
거미줄에 걸리자

오늘 아침엔
꽃 하나 떨구어
거기에
매달아 놓았네요.

하동의 밤

하동 사기마을엔
낮에는 도자기 굽고
밤이면 글을 쓰는
현암 형님이
살고 있었지요

별빛 쏟아지던
유월 어느 날,
뻐꾸기 울음소리에
개구리 화답할 때
앞 논엔 백연(白蓮)이
피어나고 있었지

술 한 잔에
시 한 수 낭송하고,
칠순 넘은 진주기생

노랫가락 북장단에
관음보살 미소 짓고
밤은 깊어만 갔지

새벽녘
달 항아리 하나 들고
돌아오던 길
지금도 눈에
선하게 떠오르네

매미

새벽부터
뭔 일로,
온 동네를
깨우는지 물으니

아직도
모르느냐며,
찌르르르르
목청을 높인다

무안하여
가만히 앉으니,
마을 어귀에 선
엄마가 떠오르네

시와 매미

매미소리 들으며
시 하나 써보려고

눈을 감고
사색(思索)하다가

스르르 잠이 들다
깨어나 보니

그 울음이 더욱
그윽하게 들린다

굳이 시가
아니어도 괜찮네

늦여름 소나기 오고

청량한 골바람
새소리를 머금고
장엄하게 내린 소나기

풀벌레 울음에
산안개 피어나고
숲에는 미소가 돈다

맑게 갠 하늘은
구름 타고 조금씩
높아지고 높아만 가고

그 순간
풋감 툭 떨어지며
또 가을이 영글어가네

연꽃 피는 날

조그만 연잎들
수면에 떠 있을 때,
꽃대는 올라와
봉오리 품고 있더니

잎자루 쑤욱 자라
제 그림자 비추니,
오늘 아침엔
하얀 연꽃 피어나네.

아하!
두 달이나
기다리고 있었구나.

가을

늦여름
한바탕 퍼붓던
소나기 길 떠나고

앞산을
휘감고 흐르는
깊고 깊은 정적

밤송이 여물고
배롱나무 꽃내음
더욱 선연해지면

느슨한 감성
점점 팽팽해지며
저만치 오는 가을

만법귀일

말복 지난 해름참
바람은 조는지
일체가 멎어버린 숲 속

소나기 지나가고
굵어진 폭포소리에
서늘한 기운 모여들고

이른 저녁 반달 따라
별 서넛 놀러 나오며
가만히 바람이 인다

슬그머니 되살아난
풀벌레 화음을 타고
모두 하나로 돌아가네

가을이 오는 소리

구름 밀며 놀다
청량산 기슭으로
슬며시 내려오는

굵디굵은 바람
몇 가닥으로
마음을 씻어내니

가만히 들려오는
저기
가을이 오는 소리

첫 가을비

이 비에
여무는 풀벌레 소리
밤송인 땡글땡글해지고

한 잎 두 잎
나뭇잎 실어 보낼
계곡물 또 불어나겠네

오늘은
그 물길 따라
휘적휘적 떠나고 싶다

나무 설법

팔월이 떠나는 날
밖엔 가랑비 내리고

분재 물 주며 바라보다
창문 닫으려는 순간

불현듯 떠오르는
천년 넘은 느티나무

온몸으로 맞았을
비, 바람 그리고 눈

알겠습니다
그냥 열어두겠습니다

마음

산에 오를 때는
초여름

한숨 돌릴 때는
등꽃향

그리고 하산 땐
첫가을

마음 길

길가에 감이
빨갛게
익어가고 있는데

내 마음 길은
언제
저렇게 익어가지

풋감 추억

감나무 가로수 길에
수북이 떨어진 풋감들

그땐 단지에 담아
감잎 덮고 우려내어

물렀는가 눌러보며
조금씩 베어 먹었는데

이젠 바라만 볼 뿐
입안엔 미동도 없네

서호정의 가을

서호정(瑞湖亭) 뒤로
팔월 열아흐레 달이
고개 내밀어 오르고

서편 가득한 연잎에
스으윽슥 스으윽슥
바람 스쳐가는 소리

별빛 서넛 노는 밤에
하얀 오리 세 마리
작은 발로 건너가고

상념 젖은 나그네
가만히 다독이는
저 가을이 오는 내음

가을 밤

추분 지나 길 떠나는
민들레 풀씨처럼
가볍게 떠오르리

호수공원 가득한
연잎 위에 뒹굴다가
달이 뜨면 좋으리

바람과 한잔할 때
풀벌레 울음 따라
밤은 더 여물어가리

미루나무 사랑

산색 바래가는
가을 산자락에
홀로 선 미루나무

작은 바람에도
가장 먼저
잎새를 흔들더니

비 내리는 날엔
한 방울 방울
반짝이는 은물결

무얼 보아도
까르르 웃음 짓는
어린 여동생 같네

정적(靜寂)

가을비
호수에 내려
방울방울
둥그런
파문(波紋) 이는데

연잎은
흔들리는 듯
않는 듯
물방울 말아
수정(水晶) 만들고

지그시
바라다보는
나그네도
움직이는 듯
않는 듯

어느 가을 수채화

가을 나들이 나온
행인들이 붐비는
서해 행담도 휴게소

자율식당에 앉은
남루한 행색의
칠순 어머니와 자식

김치, 콩나물 무침에
밥과 시래기 국을
엄마 앞에 놔드리고

잠시 밖으로 나가
떡볶이가 담긴
종이컵 들고 온 아들

"아가 왜 그런 것 먹니"
겸연쩍은 얼굴로
말없이 듣고만 있네

가을 들녘

가을걷이 끝난
텅 빈 들판에
하얀 억새 여럿이
손잡고 서 있다
시월의 저녁놀에
조금씩 붉어지며

허공에는
기러기 몇 마리
줄지어 날아가고
천수만 바람이
그 꽁무니를
따라가고 있네요

소금쟁이 귀향

새벽이슬 맞으며
연꽃들도
제자리로 돌아가고

두 무리 기러기 떼
어디론가
창공을 가르며 간다

시월의 호수에서
사라진
그 많던 소금쟁이들

아무 흔적도 없이
그들은
도대체 어디로 갔지

살얼음 낀 호수

호수 조그만 수로에
살얼음이 깔려
은빛으로 빛나는 새벽.

오리 세 마리 떠있는
동그란 그 자리만
별빛이 수면에 비친다.

지난밤 이른 추위에
품 기대며 쉴 새 없이
작은 발을 저었으리라.

입동에 내리는 비

서서히 마르는 연잎에
스윽슥 스윽슥
바람 타고 비가 내린다

화살나무, 단풍나무
빠알간 잎새들
호수 수면에 떨어지고

쉴 새 없이 떠오르는
둥그런 파문에
이리저리 밀려다니며

저들이 서로 손잡고
가만히 부르는
겨울과 그대 그리움

호수와 기러기

먹장구름 짙게 낀
늦가을 새벽에
호수공원을 돈다.

어울다리 건너며
그림자와 정적
몇 장 찍으려는데

연잎 사이에 내려
나래 접고 쉬던
기러기 떠오른다.

호수를 가로질러
남으로, 남으로
점차 사라져간다.

헐렁한 사진 땜에
저 기러기 형제
단잠만 깨웠네요.

눈 내리는 날

낙엽 쌓인 돌계단
끝자락에 나앉은
카페에서
음악은 흐르고
사그락 사그락
눈 내리는 소리들

두 그루 소나무
때늦은 벌개미취
단풍나무에도
마당가 화로
장작불 위에도
소복이 내린다네

작은 새들 하늘로
솟구쳐 오르며

순백의 점이 되고
커피 향 따라
한가한 미소는
퍼져가고 있네요

2부 - 불심(佛心)

저분을 쫓아가 말아, 번뇌만 팔만사천

간월암

서산 창리 앞 바다에
무학대사,
조그만 암자 짓고
달 보고 깨쳤다고 하지요

육백여 년 흘러 돌아
만공스님,
그곳에 관음 모시고
둥근 달을 보셨겠지요

또 숱한 세월 지나자
많은 길손들,
물때 맞춰 건너가선
달이 뜨길 기다리지요

밖에서 찾는 그들 보며

간월암은,

하루 두 번 속뜰 보이곤

연꽃으로 피어나고 있네요

※ 간월암은 썰물 때는 육지, 밀물 때는 연화대 모양의 섬이 되는 사찰임

개심사의 시간

입춘 지난 고운 날
길손 찾아 와,
"한 번 둘러보는데
얼마나 걸려요"

아름드리 솔 숲길
돌계단 오르며,
실려 오는 향기
들이마시는 시간

심검당 휘인 기둥
슬며시 만져보고,
마루에 걸터앉아
햇볕 바라보는 시간

명부전 가는 길에

청 벚꽃 망울,
부풀어 오른 걸
가만히 듣는 시간

산신각 앞마당에
머물고 있는,
청량한 독경 소리
마음에 새기는 시간

그리곤 모든 걸
제자리에 두고,
내려가는 시간까지
싹 얼맨지 모르것네유

삶
- 도신 스님의 노래

아득한 그 시절
자리에 눈이 멀어,
걸림돌 될세라
시 쓰지 않고
미루기만 하였지

어느 순간
놔버리니,
부처와 꽃이 바람이
시가 되어
맴돌기 시작하더라

우리 삶도
내리고 또 내리면,
중광스님 그림으로

도신행자 가락으로

올봄엔 피어나려나

보름날 간월암

음력 이월 보름날
간월암에 갔더니
산문은 굳게 닫혀있고

육지로 변한 수로에
천수만 바람만
세차게 불고 있더라

그 옛날 만공스님
밝은 눈으로
기도라도 올리시나

앞바다에 걸린
만월이나
가만히 보고 가라 하네

향기

해우소(解憂所) 갔더니
어제 먹은
마늘튀김 냄새가 난다.

민들레 먹고
진달래 먹으면
꽃내음이 나겠지.

어디
경허스님
마음 꽃은 없을까?

※ 2016. 6. 『한맥문학』 등단 시

망운산방 편지 2

망운사 고운 스님
시 벚꽃 읽으시고
편지 또 보내오셨네.

고운지고!
고운지고!
어루만지고 싶은
글 솜씨
뉘라서 싫어할까.

한걸음에 달려가
정든 님 품에 안겨,
옛 인연의 끈을 풀어
달빛 속에 묻어놓고,
옥도끼 금도끼로
날 새는 줄

아무도 몰랐어라.

그대의 시구
마음의 위안 되고,
청량한 숲 속에서
산새가 화음 빚듯,
자연과 벗 삼은
선승(禪僧)의 미각 담겨
참으로
진여일색(眞如一色)이로다.
허허허 시자야
여기 찻잔에다
벚꽃 송이 담그면
깊은 삼매(參昧) 맛깔
독특하겠지!
성각 합장

스님
덕담인 줄 알면서도
미소가 오르는 건,

아직 덜떨어진 부처라

그런 것이지요

그렇지요.

부석사 벚꽃

도비산 가는 길,
잘 늙은
벚나무에서
꽃눈 꽃눈이 내린다.

사자문 지나
돌계단 따라 오르면,
안양루 앞에
극락이 있는데.

나그네
길 잃을까 두려워,
한 잎 한 잎
흩날리고 있다네.

※ 2016. 6.『한맥문학』등단 시

간월암 단상

한가한 사월
소파에 누워
노랫가락 듣다가,
벽에 걸린
사진을 쳐다보네.

물에 떠올라
산문 닫힌 암자,
느티나무 끝자락에
석양은 걸려 있고,
붉은 파도 위로
갈매기 세 마리
날아가고 있구나.

그런데,
간월암은

하루에 두 번,

저 소금바다에

자신을 담그고 있지?

개심사 청벚꽃

세심동(洗心洞) 계곡
돌계단 따라 오르면,
젖은 소나무 사이로
꽃내음 실려 온다네.

개심사 앞마당에
왕벚나무 서너 그루,
꽃잎이 무거워
고개 숙인 줄 알았지.

명부전 시왕님들
청벚꽃 피는 사연
들으시라고
낮게 피는 것이라네.

본전 관음보살님도

그 소식 궁금하여,
까치발 들고 서서
내다보고 계시네요.

장군죽비

산책길에
가끔 뵙는
칠순 넘은 영감님.

혼자만
호수 거꾸로 돈다고
타박하시더니,

오늘은
되게 말 안 듣는다고
혼잣말하신다.

저분을
쫓아가 말아
번뇌만 팔만사천.

요즈음
공부 안 한다고
죽비 내리시는구나.

미소
– 서산 용현리 마애삼존불

강댕이골
마애삼존불은,
일천오백 년이나
웃고 계시네요.

뭐가
그리 좋으신지,
자비롭게
때론 잔잔하게.

오월의
개심사 소나무향이,
아라메길 넘어
놀러와 그러신가.

보원사
당간지주 스치는,
고운 바람이
간지럽혀 그러실까.

천년 넘게
알려 달라 졸라도,
오늘도
미소만 짓고 계시네.

배려
- 태안 마애삼존불

백화산 중턱에
터놓은 고색창연한
사찰 태을암(太乙庵).

동백나무 사이
돌계단 오르면
삼존불 미소가 번지네.

석가여래, 약사여래
관음보살 모시고
협시로 서 계시네요.

두 부처님!
어찌하여 선뜻
자리를 내주셨을까.

수없는 뱃사공,
관세음 부르고
또 불러 그러셨나.

그 보살님
모두 떼어 내주곤
이젠 흔적만 있네요.

새 댓잎
스치는 바람에
봄날은 깊어만 가고.

저 부처와
보살의 마음으로
태안(泰安)이 되었구나.

※ 협시: 본존인 여래 곁에서
본존을 모시는 상

서산 아라메길

개심사 산신각 지나
오르는 상왕산,
한참 가파르더니
턱 나타나는 정자 하나.

흐르는 땀 식히고
널찍한 숲 속 길 따라,
보원사지로 넘어가는
보드라운 아라메길.

저녁 해 석탑에 걸리고
풍겨오는 진한 풀내음,
허리 잘린 풀들의
향(香) 공양인가.

맑디맑은 냇물 소리에

찔레꽃 피어나고,
아담한 징검다리 사이로
구름도 쉬었다 가네.

수월관음

북한강에서
가만히 앉아
수면을 들여다보면,
어머니의
젖 냄새가 난다.

새 두 마리
물에 닿을 듯
제 그림자 비춰보며,
둥지로
날아가고 있네.

나그네
이 물결 따라가면,
끝자락에서
수월관음
만날 수 있으려나.

연꽃과 마음공부

물방울 모이면
잎새에 도르르 말아
흘려보내는 연꽃들.

부처님은
어떻게
그 위에 앉아계실까?

몸과 마음,
얼마나 비워야만
저렇게 가벼워지지.

천장사(天藏寺)

서산 고북 장요리
연암산 중턱에
하늘도 땅도 숨겨진
조그만 절 천장사.

열네 살 월면 스님
원성문(圓成門)에서
장좌불와 하시는
성우 은사 시봉하며,

날마다
제비 모이 나르듯
험하고 가파른 길을
오르내리셨겠지요.

그 마음 꽃 이어져

눈 푸른 수좌(首座)

모여들며

길 없는 길 열리네.

※ 경허 성우(鏡虛 惺牛), 만공 월면(滿空 月面)
※ 수좌: 절에서 참선하는 수행승

부석사 석굴

서산 부석사
극락전 언덕엔,
조그만 석굴이
하나 있다네.

그곳에
가만히 앉으면,
천수만 바람결
아늑히 밀려오고

의상대사
산 헐어 터 닦던,
청아한
독경소리 들리고

만공스님

도비산 기운 모아,
토굴 짓던 신심
새소리에 실려 와

한 말씀 청했더니,
눈부신
유월의 신록이나
마음껏 보라시네.

운수행각(雲水行脚)

걸망 메고
길 떠나,
잠 오면 누워
한숨 자고

풍광 좋으면
좌복 깔고,
죽비 탁 치며
들여다보고

텅텅 비워
무애가 부를,
그날이
언제 오려나.

간월암 스님

칠월 초순
애써 찾아갔더니,
차 한잔 주시고선
어서 가라 떠미신다.

사리 때라
곧 물 들어온다고,
보내시고는
합장하고 계신 스님.

길 끊어지며
간월암은 떠오르고,
우리 스님은
연꽃으로 피어나고.

연화장 세계

호수 잔잔한 수면엔
수천의 잎새 거느린,
미루나무 두 그루
슬며시 찾아와 졸고

뭉게구름도 어느새
백로 따라 들어오고,
그 위로 잠자리 그림자
쉴 새 없이 스쳐간다

스물 남짓 오리 형제
힘차게 부리 짓하면,
소금쟁이 노 저으며
잠든 세계를 깨우는데

그때마다

무성한 연잎 사이에선
하얀 연꽃 두어 송이
스르르 열리곤 하네요

물방울 우주

베란다에 방부 튼
분재에 물을 주고
가부좌한 채
좌복에 앉아있는데

솔잎 끝에 매달린
동그란 물방울에
새벽 구름 찾아오고
천수만 바람 실린다

참매미 날아와서
창 한 대목 뽑으니
진한 풀내음이
알알이 배어드는데

티끌 가운데에

우주가 들어있다더니

가만히 바라보니

그런 것도 같네요

물수제비
- 도신행자 이야기

잔잔한 간월암 앞바다에
석양녘 햇살이 걸릴 때면
은사스님과 물수제비 뜬다.

은사의 귀신같은 솜씨에
번번이 꿀밤 얻어맞다가
스님의 실력이 점점 준다.

참 잘한다고 칭찬하시며
어린 도신을 등에 업고
천천히 암자 도시던 스님.

그 품이 하도 따뜻해서
둥그런 파문(波紋) 안에서
스르르 잠이 들곤 했는데.

개암사 배롱나무

구름 걸린 능가산
우암바위 자락에
주춧돌 놓은
천년 넘은 개암사

팔월의 햇살 담은
열 그루 배롱나무,
그 진분홍 꽃향내
대웅보전에 퍼지면

세 부처님도
슬며시 내다보며
미소 지으시고
길손도 따라 웃고

노스님의 자비

깊은 산사에
노스님 모시고 사는
아홉 살
동자승이 있었는데

밤마다
다리 주물러드리면
아야! 아야!
이제 건너가 쉬어라

어느 저녁
너무 피곤해
처음부터 힘을 주어
빡빡 주물렀더니

도신아!

오늘따라

매우 시원하구나

한 시간만 더 주물러라

매미 설법

새벽에 예불하고
축원하며 조는데

그게 뭣이냐며
맴맴맴맴맴맴맴

한 마리 날아와
무정설법 중이다

죽비 얻어맞아
정신이 얼얼한데

한여름 사자후가
귓가에 짱짱하다

거미와 공존

산사 요사채 통로에
그물망 펼친 거미부처

며칠을 치웠는데도
도무지 요지부동이다

비로 걷어내려다가
순간 눈이 마주쳤는데

입을 오물거리며
서둘러 공양 중이다

수백 번 왕래해야
또 집을 지을 것인데

오늘은 너무 미안해
거기 두고 피해서 간다

너도 그렇다

내소사 앞마당에
새끼줄 두르고
턱 버티고 선
천 년 넘은 느티나무

그늘에 걸터앉으니,
개미 수백 마리
꼬리 물고 오가며
일과 수행 중인데

자세히 들여다봐도
누가 잘났는지
하는 일이 뭔지
도대체 모르겠구나

나무부처

가만히 우러르니
분주한 인간더러
너도 그렇다 하네

안국사지(安國寺址) 단상

은봉산 중턱에
천 년 넘게 서 계시는
삼존 미륵부처님.

저희랑
배 바위 타고 나가
세상구경 하시지요.

아니면
고래바위 밀고 나가
안국을 세우시든가요.

상사화 피고
나락 익어가는
지금이 어떠신가요?

※ 매향암각: 당진 안국산(은봉산) 석불입상 뒤에 있는 자연석의 통바위로 모양을 보고 배 바위 또는 고래바위로 불리며, 매향(埋香)의식을 치른 내용의 명문이 새겨져 있음

3부 - 추억(追憶)

우리 할매, 봄바람 따라 건너오시네

할머니의 오월

스무 해 전 고향 가신
우리 할머니
오월이면 솔바람 따라
기억의 강 건너오시네

할머니 길 떠난 후
어머니 울며
택촌댁 통장 보여주셨지

"오매, 시상에! 느그 할머니
니한테 받은 용돈,
한나도 안 쓰고 가셔부렀써야"

할머니 우리 할머니
이젠 노잣돈 더 드리고
세상 구경 갈 수 있는데

꽃으로 바람으로
보살로 새 몸 받아
금년 오월엔 피어나세요

내 강아지

오월이면 오시는
우리 할머니,
경미언니랑
장흥에 살았었지요.

아홉 살 봄날,
죽고 나믄
우리 난이,
한 번이라도
이 할미 생각해 줄까?

그때
암 망설임 없이
“생각나지~~”
그랬었지요.

우리 택촌댁

날 안고는,

내 강아지! 내 강아지!

하시던 모습

선하게 떠오른다네.

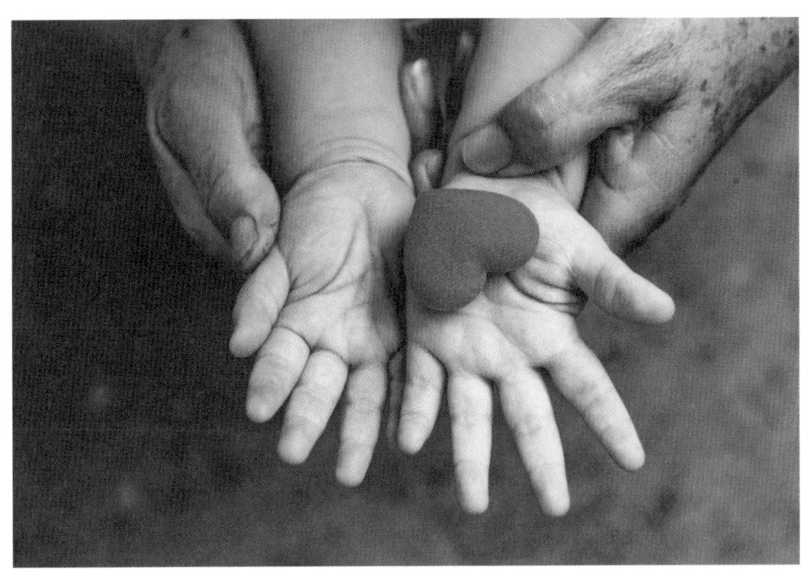

할머니 편지

아주 희미해진
초등학교 시절,
우리 택촌댁
학교로
편지를 보내셨지.

“재천아 보아라”
전학 간 손자
걱정 또 걱정,
그 사이엔
백 원짜리 한 장
접어 넣어서.

돋보기 걸치고
꾸불꾸불
밤새워 그리신,

할머니의

투박한 손은

지금 어디서 찾지.

그리운 할머니

서울 신림동 시절,
장흥에서
천 리 길 찾아오셨네.

소고기 볶음,
만 원짜리 몇 장
손에 꼭 쥐시고.

산 아래 달빛에서
용태 형과 함께
손으로 집어먹었지.

어찌나 맛있던지
으음!

할머니 안길동

정남진 살던 우리 할머니
흰 비녀에 고운 한복 입고
사뿐사뿐 학교에 오셨지.

교실 뒷문 스르륵 열고,
"갱미야" "갱란아"
부르시던 우리 택촌댁.

어느 가을엔 큰손녀,
설악산 수학여행도
따라나서시던 안복녀.

남자였으면 홍길땡이
됐을 거라는 우리 할매,
봄바람 따라 건너오시네.

보물찾기

삼 학년 봄 소풍,
보물 찾으려고
돌 들추며 분주했지

할머니 부르더니,
접혀진 보물 딱지
여러 개 주시더군

동무들 나눠주고,
선물 챙겨
돌아오며 물었더니

봄바람 쉬어가는
길목에서
지켜보았노라고

우리 할머니

지금은 망월동에서

무얼 찾고 계실까

그 시절 5분

어린 시절
방학만 하면,
홀로 사시는
외할머니 찾아갔었지.

덜 큰 단감
몰래 따 먹으며,
밭 매러 간
할머니 기다렸지요.

한 시간씩은
공부하라고 하셔서,
누님이 없는 틈에
5분씩 돌려놓곤 했지.

고기 잡고

개헤엄치고,
게다가 구슬치기
놀 일이 태산인데.

가끔은
그렇게 돌린
시간을 찾아
그 시절로 가고 싶다.

풍뎅이

아득한 시절
학교 갔다 오면,
가장 먼저
상수리나무로 갔다.

사슴벌레 없으면,
까맣게 붙어있는
풍뎅이 몇 마리를
잡아 놀았지.

실에 묶어 날리고,
머리 비틀고는
네 다리 분질러
빙빙 돌게 하곤 했지.

지금도

고개와 어깨가

가끔 아픈 건,

풍뎅이 때문 아닐까.

형제

팔십 년 사월에
우리 어머니
몸뻬바지 입은 채로
학교로 뛰어오셨지.

공주에서 형사 둘이
너 잡을라고
시방 집에 와 있다.

우리같이 딸 많은
형사가 그란디
죄졌으면 도망가라드라.

단단히 챙겨 입고
그들 찾아가던 길,
누이와 여동생 울며
꾸깃한 돈 쥐여주더라.

물뱀

어린 시절 외가 영전리에서는
가물면 도랑 막고 물을 펐었다.

서서히 줄어들면 더듬이질로
메기랑 각시붕어를 잡았다네.

그때 물뱀 대가리를 꽉 잡는데
쑤욱 빠지더니 손가락을 물더라.

깜짝 놀라 털어내던 그 전율이
스멀스멀 전해오는 것 같네요.

참새

어린 시절
연실 매단 솔가지로
소쿠리 괴고,
문구멍으로 살폈지.

한참 지나
안에 들어간 참새들,
줄 확 당겨
한 마리를 잡았네.

실로 묶어 놓고
자랑하다 와 보니,
깃털 몇 개만
덜렁 남아 있더라.

할아버지가

놔 줬는지
메리가 먹었는지
아직도 궁금하다.

명절

육 남매 카톡에
우리 할머니,
명절 이야기가
따끈하게 피어난다.

닭 잡고
차례 준비로,
할매 손가락은
밴드로 동여 있었지.

쉴 새 없이
내주시는 음식,
어김없이
배탈이 나곤 했지요.

손자 태운 버스

안 보일 때까지,

흔드시던

그 손이 보고 싶다.

닭장조림

어린 명절 때엔
동네 사람들,
할머니 집에
토종닭을 사러 왔다.

한 마리
또 한 마리
팔려나가는데,
제일 큰 건 안 파셨지.

“저 놈은
우리 재천이 오믄,
잡아서
떡죽 쒀 줘야제.”

조선간장에

마늘 넣고,
닭장 만들어
단지에 넣어두셨지.

한 입 먹으면
가득 퍼지던,
그 맛이
아직 눈에 삼삼하다.

해우

어린 시절
방학하면
외할머니와 살았다.

개다리소반에
밥상을
차려 주셨지.

살강에 둔
구멍 송송 뚫린
해우 한 장 함께.

조금씩
조금씩 띄어 내
한 그릇을 비웠다.

혀끝에

감기던 그 김은

할머니랑 가버렸네.

둘째 여동생

장흥에서
일곱 살부터,
할머니와 살던
둘째 여동생 경란이.

오빠
언니나 동생들,
누구라도 오면
그렇게 좋았다네.

언젠가
동생 선이가,
시골에 남았을 때
제일 행복했다고.

학교 갔다 오면

선이가 있었거든,
같이 놀고
그림도 그리고.

언니 따라
나서는 여동생,
학교 데려가
옆에 앉혀 주었다네.

구슬치기

요즈음도
꿈속에서
청 구슬을 줍는다.

어린 시절
구슬 몇 개 들고,
당산나무 아래
놀이터로 나갔지.

주로
세모치기,
심심하면
벽치기와 쌈치기.

따면
스무 개를

십 원에 팔았지.

해 질 무렵
쨍그랑거리며,
이삼십 원 들고
개선(凱旋)했었네.

그땐
명포수로
참 괜찮았는데.

추억의 라디오

봄내음 가득한
평택 뜰에서,
빨간불 세 개인
안테나가 정겹다

고향 읍내에선
밤이면
반짝이던 불빛과
보물 1호 라디오

처음 사오던 날,
그 안에
사람 든 줄 알고
뒤판 뜯어보았지요

우리 할머니,

지직 하면
돌려서 맞추고
가위 걸치기도 했지

복연이네는
물짜서 별론데
우리 건
재밌는 것만 한다고

장맛비 오는 날

아득한 그 시절
우리 장흥 초가집에
장맛비가 내렸다.

할아버진 신발 챙겨
방 안에 들여놓곤
꼼짝도 않으시고

할머닌 고무신에
고쟁이 돌돌 말고
삽으로 물길 내셨지.

어린 여동생은
서둘러 공책 찢어
종이배를 접었다.

마당 고랑에 띄워
따라가다가
자빠지면 세우고

젖어 잠길 땐
다시 접어 띄우고
숙제는 도통 못 했다.

떠든 사람

바닥에 누워
물 흐르고
산색 짙어가는 소리,
쉴 새 없는
산새 이야기
들어보고 있는데

산 아래
꽃구경 하며
사진 찍는 사람들,
어린 꼬마들의
높은음자리표
바람 타고 올라온다.

어린 시절
칠판 한구석에

등장하던

떠든 사람 이름들,

그 명단에

전부 올려야 하나.

우렁이 추억

보원사지 앞개울엔
흰 구름과 노는
다슬기가 새까맣다.

어린 시절
논에 갔다 오며
도랑서 줍던 우렁이

주전자에 담아 오면
울 어머니
된장국 끓여주셨지

뒷구멍 내고
입안에 쏙 빨면
퍼지던 그 고소함

언제

꼭 한 번은 더

거기 가보고 싶다.

택촌양반 요리

팔십 년 오월
장흥에 피난 갔더니,
할머니는 여행가고
택촌양반만 계셨는데

해질 무렵
돼지 한 근 끊어와,
냄비에 무 넣고
자글자글 끓여주셨지

오순두순
하얀 쌀밥 말아 먹고,
다음 새벽
광주로 올라왔는데

지금도

꿈결처럼 아늑하게,
그날 국 내음이
입안을 맴돌곤 한다네.

고향

관사 베란다에
사는
분재 두 그루.

비바람 몰아쳐
창문 닫으려다
그대로 둔다.

네 고향
바람소리 듣고,
비도 맞아보렴.

그곳 형제들
그립지
나도 그런데.

수학여행

육 학년 시절
수학여행 못 가는
어린 영혼들은
한 교실에 모여
아무것도
하지 않았다

젊은 엄마의 외출

서른 해도
지난 그날이
가끔은
떠오르곤 한다네.

젊은 엄마
돌아가시고,
추모객들이
집에 모여 들었다.

다섯 살 딸
자꾸
밖을 내다보며

손님들이
이렇게 많은데,

엄마는 안 오고

뭐 하는가 모르겠네.

거미

호수공원 둘레길
나무와 나무
꽃과 꽃 사이에
수없이 걸린 거미줄

이른 아침
가만히 들여다보니
촘촘한 그물 치고
하안거 수행 중이다

세상이 흔들리면
잠시 가서 살펴보고
가끔 짜깁기하곤
그저 다시 기다린다

오늘은 누가 오려나?

젊은 날
쌀장사하던
할머니도 그랬을까

그리운 외할머니

읍내서 십 리 남짓
떨어진 영전리(永田里)
당산나무와 정자 지나
한참 걸어가던 외갓집

멍석 깔고 앉으면
시커먼 부엌에서
밀반죽 쓱쓱 밀어
만들어주셨던 팥죽

양껏 먹고 남은 건
장독대에 놔뒀다가
다음 날 새벽에
찾아 먹곤 했는데

외할머니 떠나신 후

이젠 기억 속에만
덩그렇게 남은
그 집과 뒤뜰 감나무

명절이 되어도
아무도 모이지 않고
그 옛날 추억들만
오늘도 곱씹고 있다네

소금쟁이

서산 호수에는
소금쟁이들이
스케이트를 탄다네

칠월의 햇살 아래
쓰윽슥 쓰윽슥
미끄러지면서

그때마다
동그란 파문(波紋)
일었다 사라지는데

냇가에서
물수제비 뜨던
시절이 겹쳐 보인다

늦가을 내리는 비

십일월의 호수에
가을비가 내린다

물드는 느티나무
벚나무 잎새에도

점점 사위어가는
연잎을 씻겨주며

곱게도 머리 빗은
우리 할머니처럼

4부 – 일상(日常)

그 긴 목을 따라, 한 우주가 사라졌다

서산 이야기

여기 살기 전엔
방문만 열면,
지는 해 보이는
갯마을
서산(西山)인 줄 알았네

칠백 년 전
누란에 나라 구한,
양렬공이 하사받은
상서로운 왕의 땅
서산(瑞山)이라네

내 안의 시(詩)가
천수만 맑은 바람,
가야산 진달래

개심사 솔 향과 놀다
서산 구경 나오려나

삶
– 주현 형님에게

여러 해 전엔
우리 고향 형님,
언제나 전화 걸리고
튼튼이 뵐 수 있었지

회사 커지고
맡은 감투 늘며,
이젠 너무도 바빠
통화음만 울린다네

어느 아침 문득
떠밀려 가는 배에서
내리고만 싶은데
그게 잘 안 된다네

삶이란
시간과 돈을
바꾸는 건가 보다

사월의 맑은 바람
목련 피는 소리에,
졸고 있는 길손
이런 게 참 좋은데

그렇지요 형님

아름다운 사람

목련 피던 저녁
남해 친구 찾아와
서산 향토에 모였지

술 한 잔에
하상 시인
시작도 끝도 없는 길

또 한 잔에
류시화 시인의
들풀처럼 살라

그 다음엔
오월이 오는 길
정호승 시인 봄길

시 한 수 낭송하고
사월의 솔향 담은
술 한 사발 마시고

동시 감자꽃 흐르곤
울고 싶어라 가락
온 마음을 휘감더니

밤 깊어가며
울고 싶도록 고운
그런 사람들 있더라

휴식

사월 초순 점심에,
호수공원 돌며
개불알풀 한 무더기 보았지.

새벽에 생각나서
다시 갔더니
글쎄 꽃이 보이지 않더라.

기억 더듬고 더듬어
자세히 보니
꽃들이 문 닫고 쉬고 있더군.

마음도 가끔은 그렇게
산문(山門)을 닫고
쉬어주어야 하는가 보다.

안경

벚꽃 흐드러진 날
찍고 있던
엄마 어깨에 매달린
사형제 조각.

중심이 검게 보여
빛이 가렸나,
이리저리 돌려봐도
차이가 없다.

언제
렌즈를 닦았더라?

까맣게
그런 줄도 모르고,
세상 탓만 하며
살아왔구나.

여동생 편지

들꽃 가득한 사월
육 형제 카톡에
여동생 둘
편지를 보내왔다네.

오빠 시집 영풍문고에서
한 권 사 읽고 있어요,
여동생 시 중에
막내인 난 안 나왔어.

한강 가에 사는 경란이,
진이가 올린 여동생 읽고
눈물이 핑 돌았어
그때가 생생하게 생각나서.

근데 생각난 거 또 있어

광주에서 즐겁게 놀다
경선이랑 싸웠나 봐
선이가 느그 집 가라고 했어.

어찌나 쇼킹했던지…
선이 반성해, 절대 못 잊어
으음! 어렸으니까 봐 준다
그래도 반성문 올려.

정숙

새벽에 공원을
산책하거나,
들길 걷는 사람은
명심할 게 있다.

쉬잇!

"들꽃들이 모두
자고 있어요"
발소리, 숨소리도
정숙해 주세요.

그때
들리는 목소리,
"너만 조용하면
세상이 조용하다"

친구

깊은 산골에
졸졸졸 물소리,
산새 놀다 가고
청량한 바람결에
노랫가락 실려 온다.

이제 숲 속의 하루
CD 끄고 산책 가야지
"나도 좀 들으면 안 돼?"
베란다에 사는
소나무와 춘란이더라.

이따금
물만 주고
건성건성 잊고 있었네,
시를 쓴다면서…
고맙다 친구야.

여동생 편지 2

들꽃 핀 그날 저녁에
다섯째 경선이,
육 남매 카카오톡 방에
반성문 올렸네.

그리운 엄마 찾아온
울 언니에게
느그집 가라고 했다고,
내가 정말 요렇게
아픈 말을 했다고.

내 기억에 없는 말을
울 언니는
사십 년을 보듬고 있었어,
진작 말하지.

언니야 미안해
정말 미안해
지금도 갈 때마다
언니는 한 상 차려줬는데
철딱서니 없는 동생에게

고마우이! 울 언니
내가 손들고 벌 설게
맘 풀리면 말해
동생 팔 부러지면
언니 탓이구먼.

그래
봐줄게!
반성문 맘에 들어
근데 살갑게 날 반겨준 건
할머니, 할머니였어.

연

서산 호수공원 물가
벚나무 가지에는,
얼룩덜룩한 비닐 연
하나가 걸려있다.

개나리 피고 지고
철쭉 절창인 사월에,
바람 지나가는데도
매달려 쉬고 있네요.

아주 오랜 어느 겨울,
시멘트 포장지로 만든
길다란 꼬리 연이
그날따라 높이 날았지.

얼레를 돌려가며

신나게 풀던 한순간,
툭 끊어지면서
차츰차츰 멀어져갔지.

연을 따라 논둑길을
가다 가다가,
돌아서던
그 저녁이 떠오르네요.

지혜

들로 산으로
천방지축 뛰놀던
아주 어린 시절

아버지 부르더니
콩 한 자루와
밥뚜껑을 주시며

한 시간 줄 터이니
몇 개인지
세보라고 하셨지

세 개씩, 열 개씩
아무리 헤아려도
끝이 안 뵈는데

한참 후

들어와 보시고는

혀 차며 나가셨다

어머니와 아들
- 친구 김원기

쉰 지난 아들과
구순 넘은
엄니 이야긴디

내가 누구여
막내아들

뭣 해
테레비 보제

심심 안 해
느그들 있는디

심심하면 장 묵어
아따! 짜제 어째야

아가
창가 한나 해 봐라

낙양산 십리 하에
높고 낮은…

와따!
징하게 잘한다
우리 아들

어머니의 봄날

벚꽃 날리는 사월
기호 몇 번
창밖이 매우 소란하다.

어머니
이번에
몇 번 찍으실 거예요.

0번
어디요?
0번
동네 사람들도 그런다.

그렇구나!
우리 엄마 다 지우고
봄날로 가고 싶나보다.

어떤 청년

신록 짙어가던 오월 어느 날,
올해 아흔다섯인 노인 생신에
자식과 손자들이 모두 모였다.

영감님 헛기침 하시더니,
"나 오늘부터 외국어 공부한다"
"아이고! 그 연세에 뭐하시게요"

"퇴직하고 곧 끝날 걸로 알고
30년을 허송세월했구나,
지금 같아선 백 세도 넘을 것 같다"

그래
"10년 후엔 후회 없게,
지금이라도 시작하려고 그런다"

팔봉산을 오르며

하얀 때죽 꽃잎 밟고
오르는 돌계단 길,
참나무 숲 사이로
뻐꾸기 소리 들린다.

통천문 지나 난간 잡고
삼봉(三峰)에 이르면,
탁 펼쳐지는 산과 들
그리고 아! 가로림만.

가파르고 험준한 길은
얼른 오르고,
완만한 부드러운 길은
천천히 돌아가더군.

어디 가나

정상엔 그늘이 없고,
사진 몇 장 찍었으면
바로 내려가라 하더라.

사진과 거미

서산 호수공원
물가 바위틈에는,
빠알간 접시꽃
하얀 초롱꽃 피어

몇 컷 남기려고
가까이 가보면,
꽃과 꽃 사이 걸린
가녀린 거미줄

수북이 매달린
날벌레 치우려다,
묵언수행 중인
거미를 들여다본다.

하마터면 영업을

방해할 뻔했구나
있는 그대로
찍으면 되는데.

삼봉해수욕장 낙조(落照)

안면도 창기리
드넓은 백사장에,
삼봉(三峰)이 바다 향해
버티고 선 해수욕장

멀리 조그만 섬들
수묵으로 점이 되고,
기암괴석 너머로
날은 저물어간다

햇살 사그라지며
불타오르는 구름,
조개 줍는 여인도
발그레 붉어져 오고

정신없이 찍다가

문득 돌아보니,

동녘 하늘엔

무지개 걸려있네요.

만리포 단상

해당화 향내음이
곱게 퍼져가는,
태안반도 모항리
만리포 해수욕장

넓디넓은 백사장
고운 모래 위로,
살랑살랑 왔다 가는
보드라운 잔물결

똑딱선 고동소리
들리지 않아도,
만리(萬里)에 걸친
그리움 낮게 깔리면

수평선 저 너머로

저녁놀 물들어가고,

바라보는 연인들은

꽃으로 피어나네요.

휴식

서산 호수공원에는

좌대에 쪼그려 앉아
얼굴을 묻고는
양팔 펼친 조각(彫刻)이 있다

비상(飛上)을 꿈꾸는지

똑같은 자세로
바위에 앉아보니
곧바로 힘들어진다

젊은 총각!
우리 둘뿐인데
잠시 손 내리고 쉬어요

밤에서 새벽까지

칠월의 끝자락 밤엔
멀리 남한산성 능선이
농담을 이루며
선 채로 졸고 있다

가만히 쉬어주면
비로소 들리는 계곡물
소쩍 소쩍 소리에
개구리 잠시 깨어나고

야단법석 고요해지면
맑고 굵은 바람 몇 가닥
오솔길로 내려올 때
슬며시 열리는 새벽

하조대 소나무

양양군 하광정리
우뚝 솟은 언덕 위에,
송림으로 둘러싸인
아담한 하조대(河趙臺)

보다 바다로 뻗은
거대한 기암괴석에,
터를 잡은
한 그루 소나무

오백 년 전
망망대해 바라보며,
뜻 세워 연마하던
젊은 두 선비처럼

눈을 감고

물소리 들으며,
흙과 풀내음 속에서
꿈을 꾸며 살았느니

이젠 허리 굵고
모진 세월 흘러 돌아,
푸른 바다에
감탄으로 떠오르네.

※ 하조대는 고려 말 하륜과 조준이 이곳에 숨어 살아, 두 사람의 성을 따서 유래되었다는 전설이 있는 정자(亭子)임

조약돌 사연

중복 지난 해름에
백합 보러 찾아간
태안 마검포해수욕장

하이얀 고운 모래 위에
수없이 놓여 있는
둥글고 예쁜 조약돌

누가
이 돌을
요렇게 곱게 빚었지?

거센 파도가 아니라
살랑살랑 왔다 가는
잔물결들이에요

서로 부딪치고
금빛 모래에 스치며
조금씩 단장한 거래요

그리고는 한밤
쏟아지는 별빛에
시를 읽었다고 하네요

백로와 한 우주

새벽 호수에
어린 백로 혼자
연잎과 수초 옆에
미동도 없이 지켜보다

순식간에
좁고 긴 부리로
미꾸라지 한 마리를
찍어 올리더니

자근자근
머리 쪽을 누르고
그때마다 영혼은
파닥 파닥거리고

한참 후

서서히 집어넣자
그 긴 목을 따라
한 우주가 사라졌다

그리고는
부리를 씻더니만
한 발 한 발
또 침묵으로 들어간다

성자의 손

한가위 앞둔 새벽
호수공원 입구에서,
주섬주섬 줍고 있는
허름한 차림의 노파

하얀 면장갑 끼고
검은 비닐봉지에,
지난 밤 흔적들을
하나하나 담는다

허리도 펴지지 않은
팔순 넘은 그녀가,
천천히 분리해
쓰레기통에 넣고는

파아란 하늘에

어린 햇살 비추자,

가쁜 숨을 쉬며

제 갈 길을 가네요

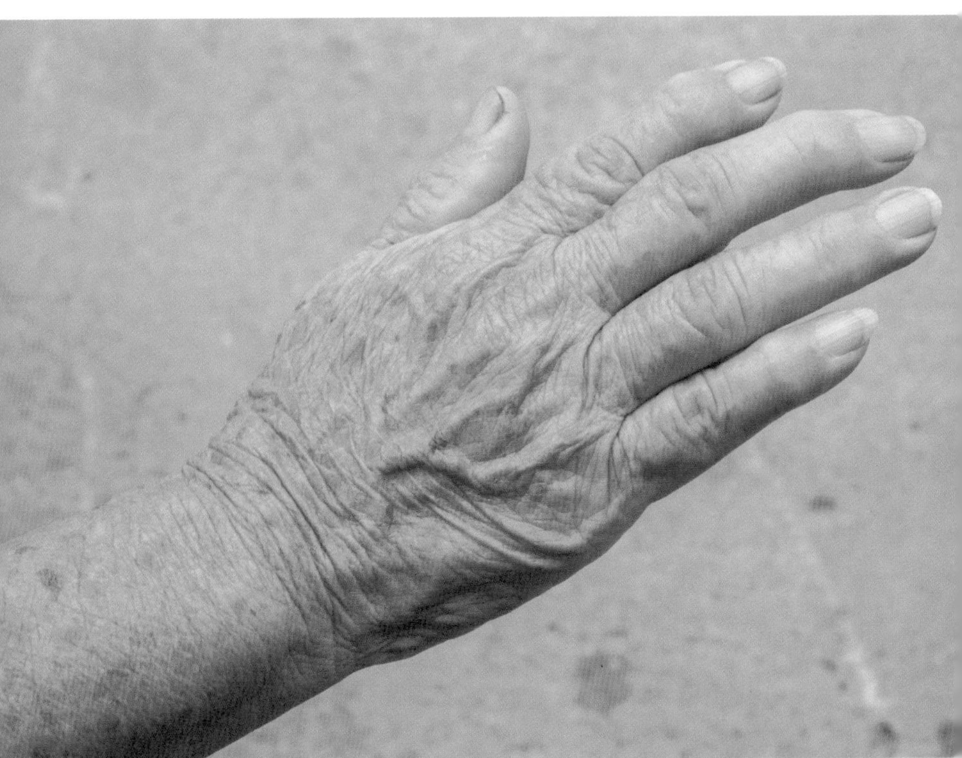

새벽의 호수

새벽 호수에
청둥오리 갈색오리
앞뒤로 헤엄쳐간다

하얀 연꽃,
어린 부들 피어나는
좁은 수로를 따라

소금쟁이
화들짝 길 비키면
파문을 남기며 간다

가다 막히면
잠자는 연잎 피해
이리저리 움직이며

오늘도

그들은 더불어

살아가고 있네요

친구

기러기 날아가는
시월의 끝자락에서
연잎 노랗게 시들고
꽃대도 부스러져간다

아무도 찾지 않는
적막한 텅 빈 공간에
오리 몇 마리 다니며
함께 놀아주고 있네요

잘 늙는 것

무성한 연잎들이
차츰 돌아가고 있다

빼곡한 그 자리에
이젠 틈이 생기며

하늘이 놀러오고
바람도 지나가고

잘 늙는다는 건
곁을 내주는 거구나

연잎의 귀향

며칠째 백로도 오지 않고
왜가리 앉아있던 자리에
늦가을 들녘 바람만 분다

점점 사위어가는 연잎이
도르르 말고 온 것처럼
다시 처음으로 돌아간다

늙으면 어린애 된다더니
연잎도 그 시절로 가려고
힘겹게 저러고 있나 보다

해미읍성 단상

해미에 터를 놓은
아담한 고운 읍성
호서좌영 앞뜰의
거대한 느티나무
청허정 스쳐 도는
솔숲이 절색이나
뭔지 몰라 아득한
허전함 맴돌더니

어제는 객사 옆에
아이들 연 날리고
주막은 북적대지
세 채의 민가 뒤에
감들이 걸려있고
장닭 우는 소리에
사람 냄새 나더라
결국 사람이더군

시간 여행
- 삼구 박사님 이야기

(주)239바이오 대표이사 이삼구

콧물 훔쳐가며
깔깔대며 놀다가
조금 시들해지면

보릿대 꺾어
개구리 똥구멍에
팽팽히 바람도 넣고

잠자리 허리 떼고
지푸라기 찔러 넣어
허공에다 날리고

뒷다리 껍질 벗겨
구워먹으며
얼굴에 검정칠하던

검정 고무신에
올챙이 가득 담아
햇볕에 말려 두었다

놀부도 울고 갈
예닐곱 살 원죄로
목뼈는 이리 아리나

특별기고

서해 바다가 빚은 사람과 삶 그리고 시

말복 단상
– 부장검사 이재승

숨 막히게 더운
올 여름 말복에,
우리 개 향단이가
새끼를 낳았다네

연례행사라기에
그러려니 하였는데,
온종일 여럿 낳고
힘들어 헉헉대니

어미의 산고(産苦)는
짐승이나 인간이
새삼
다르지 않는구나

이재승

옆에 태평히 늘어진
수캐 대발이를 보니,
이 무렵 출산했던
아내에게 미안하네

그대로의 행복

- 검사 추형운

금요일 늦은 밤
서해대교 불빛 지나
우면동 집에 가는 길

아들 손에 들린 짐을
말없이 받아주는
이순(耳順) 넘은 아버지

저녁은 먹었냐며
환하게 맞아주시는
푸근한 우리 어머니

손엔 우유병 쥐고
둘째 가져 배 불룩한
많이 울었던 여동생

추형운

형님이 오셔야
재미있다고 반기는
동갑인 고마운 매제

머리털 솟은 채
신나게 옹알이하며
뒤뚱 뒤뚱 걷는 조카

먼 훗날 느껴질
가슴 시린 그리움에
눈시울이 뭉클해지네

성대웅

강물

– 검사 성대웅

흐르고 흐르다
만난 두 갈래 길

이리 가야 하나
저리 가야 하나

한참 망설이다
순리 따라 가니

내 마음 속에도
강물이 흐르네

김영식

겨울 사랑

- 검사 김영식

눈 내리는 소리에
깨어난 새벽
그대가 떠오릅니다

창밖을 내다보며
입김으로
썼다가 또 지우는

당신의 이름엔
해마다 쌓여가는
내 사랑이 있습니다

정덕채

행복

- 검사 정덕채

나른한 주말 해거름
아내와 나서는 길

옆엔 아직 철없는
두 살배기 딸 하나

아이는 신이 나서
넘어질 듯 뛰고

아내는 뒤따르며
아이를 들어 안고

길어진 내 그림자에
두 영혼이 들어온다

가을 여행

- 검사 김은오

파란 하늘이
호수처럼 펼쳐진
햇살 따가운 오후

푸른 소나무
그늘 아래 누워
눈을 감으면

내 마음은
솔 향을 안고
조각배 타고 간다

구름

- 검사 최지예

한때는 나도 바다였다

소금기 머금고 돌아온 바람이 산을 스칠 때
껑충 날아올라 산머리 감싸는 팔이 되었다

밤마다 전하지 못한 이야기를 속삭여주는
달과 별의 얼어붙은 입김을 몸에 둘렀다

새털 같은 양 나래에 돋을볕 비치면
갓 태어난 아가 볼처럼 붉게 물들기도 했다

비록 얼어붙었으나 눈물은 있으니
언젠가 낮은 곳에 걸음 멈추고 녹아내리면

최지예

느리게 흐르는 강을 따라 조약돌 간질이며

다시 바다가 되는 노래를 부를 것이다

지나온 길

– 검사 송가형

잎새는
추억을 가득 안고
떨어져버렸다

단풍 아래서
시린 손을 잡아주던
너의 따스한 손길

울적한 마음
달빛처럼 환히 밝히던
너의 다정한 미소

처진 어깨를
살며시 다독여주던
너의 고운 목소리

송가형

지나온 길에
이제 그대는 없고
낙엽만 바스락거리네

조혜민

너는 아니

– 검사 조혜민

너와 꽃길 걷는
꿈을 꾸었는데,
빗속을 걸으며
우산을 잡던 심정
너는 아니

흔들리는 우산,
그 빗방울들이
내 마음 꽃길 속
고운 꽃 같았단 걸
너는 아니

검은 여 2
- 사무과장 임승조

썰물에 나타나 밀물에 몸 감추는 여
적돌만 파도를 밀어낸 빈 들녘에
의상을 향한 선묘낭자의 사랑의 징표
검은 여가 오롯이 맨몸을 드러냈네.

여를 그리워하며 출렁이는 부남호
다시 부석이 되고 싶은 그 사이에,
조그만 수로는 느릿하게 흘러가고
갈대는 바람결에 무심히 흔들리네.

내 고향
- 수사과장 강영진

앞에는 가막만
뒤엔 장군산,
내 고향
복숭아 나무골

산자락에
소 풀어 놓고,
물장구치며
신나게 놀던 곳

고구마 밭에
소 들어가면,
신 벗겨지며
쫓으러 다녔지

강영진

객지에 사는
스무 해 동안,
거르지 않고
찾아간 추억 길

내년에
또 가겠다 하니,
아내의 한숨은
깊어만 간다네

소풍

\- 총무계장 안성원

오월에 모처럼 떠난
서산 형제 봄나들이
버스에 나눈 이야기는
희망의 노래가 되어가고

늘 평온한 개심사 지나
오르는 산행길
오월의 푸르름에 겨워
꿈길처럼 정겹기만 하고

옛 영화의 보원사지에
잠시 머물다가
만찬장 푸른쉼터에 모여
산해진미로 오감이 즐겁고

안성원

준비된 경품 나눠주고
받는 이 모두 흐뭇할 때
청장님의 입가에도
백제의 미소가 흐른다

행복

– 집행계장 류용권

새벽 물안개 피고
산들바람 불어와,
아직 졸고 있는
수초들을 깨우고

낚싯대 드리우니
봉돌 떨어지며
잔잔한 수로에
파문(波紋)이 인다

찌 흔들리며
반갑게 올라오는
선잠 깬
붕어 서너 마리

류용권

세상
무엇이 부러울까,
내 마음에
전부를 가졌는데

이태휘

진정한 행복

- 사건계장 이태휘

그대와 내가
사랑으로 만났다면
자그마한 몸짓
눈빛만으로도
더없이 좋으련만

갈등으로 만났다면
그대 마음 살피고
나의 사랑 전하여
빗장 풀리며
진정 행복한 너와 나

무병장수의 꿈

- 재산형 집행계장 백상훈

누구나 무병장수를 꿈꾼다
매일 벗들과 흥겹게 취하고
멋진 담배 연기 뽐내면서

마음은 언제나 젊은데
몸은 이제 힘드니
자꾸만 그만하라 하네

마음은 그럼 낙이 없다 하고
몸은 그러면 떠나겠다 하며
오늘도 서로 다투고 있다

이 가을엔 서로 이해하고
좋은 친구가 되어야만
그 꿈에 가깝게 가겠지

조경상

학암포 추억

– 법사랑 연합회장 조경상

태안 원북 방갈리
어린 시절의
꿈과 낭만이 서린 곳

여름방학만 하면
깊이 물질하며
미역 소라를 따던 섬

한가로운 마음과
몸을 살찌우던
나만의 꿈같던 공간

이젠 아련하지만
해마다 여름엔
내 마음 그곳에 있네

유장곤

그리운 그 시절

– 법사랑 서산지구회장 유장곤

새벽 선잠 깬 고사리 손에
대 낚싯대 들고 나올 때,
정화수 장독대에 떠놓고
어머니는 빌고 계셨지요.

참붕어 몇 마리 거둬 가면
아버진 아침에 탕 드시며,
허 허 고놈 참……
이제는 뒷산에서 들린다.

김명기

당나루 해변의 추억
– 법사랑 당진지구회장 김명기

조금 이른 한낮이라 그런지
드넓은 왜목 모래 장벌 위에
조개껍데기 줍는 아이도 없다
어느 행성서 달려온 파도인지
여유롭게 살짝살짝 다가와
모래 장벌에 입맞춤을 한다.

따스한 커피를 사이에 두고
파도와 장벌 사랑 얘기 들으며
손 한번 잡지 못한 나의 노래는
바닷가 소년의 수줍음인가?
저 백사장에 연신 입 맞추는
푸른 파도가 부럽기만 하네.

한경희

삶의 흔적

- 법사랑 태안지구회장 한경희

한 걸음
또 한 걸음 걷고
앞만 보고 걸어온 길

숨 한 번
제대로 쉬지 않고
오십 넘게 반복된 일상

아쉬워
자꾸만 돌아보면
소리 없는 발자국들뿐

눈 내리면
자취가 남으려나
오늘도 기대해 보지만

휑하며
스쳐가는 바람이
발자국마저 데려간다

삶이란
이렇게
흔적 없는 연속인가

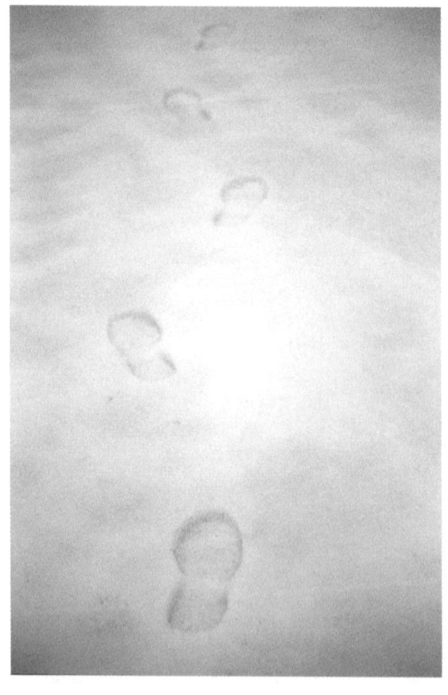

신동만

천장사 풍경소리

- 법사랑 운영위원 신동만

어릴 적 낫 두 개 들고
나무하러 다닌 천장산
한참 지게에 채우다가
주먹밥 먹고 벌렁 누워
삐비 물고 하늘을 보았지.

가끔은 소낙비 내리면
천장사 처마 밑에 피해
풍경소리에 졸곤 했는데
지금도 비 소리 들리면
그 시절이 되살아온다네.

내 고향 근소만

– 법사랑 운영실장 최건

천삼백 리 굽이돌아
태안반도 끝자락,
지령산(智靈山) 아래
잠든 어머니의 추억.

엄마처럼 넉넉한
내 고향 근소만은,
넓고 깊은 갯벌에
해산물이 지천이지.

거북등 같은 두 손
싹 닳아 문드러진
어머니의 손톱이
팔 남매를 키웠다네.

최건

게국지 보리밥에
허기를 달래주던,
갯내음 그윽한 곳에
그리운 엄마가 있다.

오명석

철 사나이들

– 법사랑 운영위원 오명석

바람 불면 부는 대로
비가 오고 눈 내려도
한결같은 묵묵한 여정

불타는 심장 용광로에
철광석과 석탄 넣고
광풍 불어 녹여 내어

철강문화 선도하는
사나이들의 굳은 마음
그대 이름 울려 퍼지네

박인종

사계

– 법사랑 운영위원 박인종

아 가을
풍요로움은 잠시
바람결에 사라져버리고

또 겨울
외로움은 다시금
물안개처럼 피어나는데

내 님은
봄을 가득 안고는
언제 어떤 빛깔로 오시나

아직도
칠월의 태양은
동구 밖에 이글거리는데

인생

– 법사랑 운영위원 김우찬

아득한 그 봄날 한 소년은
까만 하늘 보며 별을 세었지
저 너머 있는 꿈을 찾겠노라

미풍 불어오고 청년이 되어
뜨거운 태양을 좇아 갔었지
산 넘고 바다 건너 멀리멀리

이글거리는 해를 품은 바람은
태풍으로 온 천지를 휘감았고
잡으려 하면 멀어지곤 하였지

어느 순간 가던 길을 돌아보니
가슴에 핀 꽃 시들고 꿈도 잃고
눈엔 울음 가득한 사람 있더라

김우찬

친구야 이젠 그 고단한 등짐을
저기 내려놓을 때도 되었건만
천 근 무게로 걸음 터벅거린다

꿈은 항상 여기서 기다렸는데

이은

첫눈 소감

\- 법사랑 운영위원 이은

올해도 변함없이 첫눈이 내리네요
반기는 사람 하나 없어도 하염없이

쏟아지는 눈발에 꼭 한번 묻고 싶다
엊그제는 왜 그리 푹푹 찌게 했냐고

덜 덥고 덜 내려 평온하면 안 되냐고
힘겨운 우리 삶은 지나친 건 싫다고

참을 만큼만 덥고 견딜 만큼 추우면
팍팍한 여정도 두루뭉술해질 텐데

물레 잣는 밤

– 법사랑위원 박정현

아낙네 옛 시절은
한도 시름도 많아
벽오동 심은 뜻은
달뜨니 곱더라.

홑적삼 부푼 가슴
설레는 낭군님네
앞가르마 긴 낭자
홍조는 꽃이니라.

시름 찬 한 대목에
파초 꽃도 너울지고
물레는 돌고 돌아
속치마를 훔칠지라.

나의 계절

– 법사랑위원 이정희

봄엔 추억도 기억도 없이
들판에 새싹처럼 싹 틔워,
뿌연 안개 자욱한 길을
꿈꾸듯이 빠져나왔다

여름엔 나만 더운 것 같아
눈물 흘리며 힘겨워하고,
동행이 있어도 그저 그럴 뿐
즐겁지도 행복하지도 않았지

가을에 드니 세상이 새롭다네
여기에 멈춰 머무르고만 싶다
물안개 길도 땀 흘리던 시간도
기억의 저편으로 사라져간다

이정희

겨울이여 제발 나에게 오지 마라
맞을 채비 안 된 내게 비켜다오
나는 오늘도 내일도
가을 속에서 멈추고 싶다

윤만형

노부부의 봄

– 법사랑위원 윤만형

드넓은 앞바다에
칠순의 고운 노부부
쪽배에 몸을 싣고
어디로 떠나고 있네.

푸른 하늘과 파도에
고된 삶을 내려놓고
마주보는 얼굴에
가득 미소를 띠면서.

그들이 나직이 부른
희망의 노래 소리가
온 바다에 퍼져 가면
저만치 봄이 오려나.

정구열

삶을 돌아보며

– 피해자지원센터 이사장 정구열

나의 풋풋하고 젊은 그 시절엔
인생은 장밋빛인 줄 알았고
꿈꾸면 대부분 저절로 이루어지며
생각도 못한 일은 생길 줄 몰랐네.

꼼꼼하고 꽤 단단한 줄 알았고
노력만 하면 성공하는 줄 알았지
때론 왜 이리 운이 없지 하다가도
신의 가호에 기대며 위안도 가졌다.

진인사 대천명을 생각하면서도
오늘은 마음을 어디 둘 지 망설여지네
심신에 많이 서리가 내리는 이 시절에
내려놔야 한단 걸 모르지 않으면서.

그대와 가는 길

– 피해자지원센터 부이사장 김경호

너와 함께 걷고 싶다
꼭 잡은 손 놓지 않고
같이 울고 웃어주면서,
너와 동행하면
어디든 즐거울 거야.

너는 나의 반쪽
나 때문에 아프지 않길
나로 인해 행복하길,
그렇게 함께 가보자
그러면 어디든 천국.

해질녘 함께 앉아
서로 의지하며 왔던 길
가만히 돌아다보며,

김경호

참 행복했다고 말하는

너와 내가 되었으면.

김영진

관점

– 피해자지원센터 부이사장 김영진

햇볕 좋은 가을날
창밖이 흐릿하여,
유리창을 닦았더니
하늘이 다가선다.

범부의 두 눈에는
미추(美醜)가 섞인 세상,
시인의 마음에는
고운 일이 천지겠지.

항상 있는 그대로
바라볼 수 있으면,
모든 걸 포옹하면
행복 문이 열린다네.

윤병상

가을의 여행길

– 피해자지원센터 사무처장 윤병상

가을은
알록달록 고운 옷 갈아입은 단풍잎과
빨리 가자며 뒹굴고 있는 낙엽 데리고
이제 여행을 떠난다네요
겨울이 오기 전에 떠날 거래요

나도
잠시 일상을 내려놓고는
먼 곳으로 여행을 떠나고 싶어요
가을보고 데려가 달라고 막 졸라볼까요
그럼 겨울이 오기 전에 갈 수 있을까요

친구

– 피해자지원센터 운영위원 이동백

벌써 스무 해가 흘렀는데
그 긴 시간을 보내버린 것은
세월일까, 우리일까
시나브로 무뎌진 나의 삶인가

처음 만난 그날이 언제였는지
내 기억 속엔 흔적이 없어도
시시한 농담조차 웃어주던 넌
나를 항시 편히 쉬어가게 했지

웃고 울고 사소한 일로 다투며
때론 서로 멀리 느껴지다가도
그렇게 닮아버린 우리 둘은
너라고 부르는 친구가 되었다

무정한 시간이 흐르고 흘러
이젠 모두 조금은 먼 곳에서
세상에 닳고 닳아 변해가지만
아직도 나와 가장 닮은 그대

그대의 고단함을 위로하려고
무거운 내 어깨를 두드려보며
그때마다 너무 아픈 내 마음에
너는 항상 친구로 머물고 있다

산에서

- 피해자지원센터 운영위원 최택수

강렬한 햇볕과 푸르던 녹음도
이젠 새 옷으로 단장하고
또 다른 이별을 준비합니다.

얼굴을 스치는 서늘한 기운이
노란 은행 빨간 단풍잎 사이에
한줄기로 아쉬움 담아 흐르고.

막걸리 한 잔에 가을 노래하며
옆에 선 누군가에 기대려 해도
어느덧 저만치서 날 오라 하네.

마른 갈잎 하나 손에 쥐고서
잡지 못해 지나가버린 것에 대한
그 먹먹한 가슴을 달래봅니다.

최택수

구름이 휘감아 도는 산머리를
멀리서 지그시 바라보노라면
메아리만 바람결에 울려오네요.

김진영

늦가을 단상

– 피해자지원센터 운영위원 김진영

차가운 서리 내리는 시월에
담장엔 붉은 피를 토하는 듯
장미 한 송이 곱게 피어있고

시든 잔디 사이에 핀 민들레
마지막 홀씨 멀리 날리려고
깃발처럼 솟구쳐 올라 있다

금세 베어낸 큰 느티나무의
마르지 않은 그루터기 옆엔
연록의 새싹이 돋아나는데

이렇듯 가을은, 늦가을은
마지막 삶의 불꽃을 태우는
그런 치열한 뜨거움이어라

도신스님

인욕(忍辱)

- 피해자지원센터위원 도신스님

익은 단감
따먹다가
들켰다

게다가
누명까지
썼다

까치가
그랬단 말
못 했다

매 맞을
엉덩이가
없어서

마음의 고향

- 피해자지원센터위원 도신스님

산허리 한 번 돌면
마음고향 저기인데
스스로 묶은 연줄
발목 잡고 놓지 않네.

벗어나려 애를 쓰면
더 옥죄는 인연의 덫
스스로 편해져야
환고(幻苦)서 벗어나리.

더듬어 생각하니
떠난 때가 없건마는
구름밭에 노닐다가
고향 길을 잃었구나.

도신스님

산허리 한 번 돌면
마음고향 제 아닌가
왔던 길 돌아가면
산허리서 만나리라.

그리운 어린 시절

- 청지선도장학재단 이사장 홍사범

가을걷이 끝난 까치울골에서
가만히 떠오르는 어린 시절들

긴 엿 하나씩 뚝 분질러 불며
누구 구멍이 큰지 재던 엿치기

십 원짜리 동전 한 닢 건네면
하루 내 입에서 놀던 십리사탕

집안 뒤져 찾은 고물과 바꾼
달콤한 얼음 막대 아이스께끼

깡통에 슬그머니 쌀 담아가
장에서 튀겨 한줌 먹던 튀밥

홍사범

이웃집서 농주 담아 건져내면
밥 대신 갖다 먹던 술지게미

겨울을 설레며 기다리게 하던
하얀 눈꽃 열매 같은 찹쌀떡

방벽 여기저기 붙여 놓고는
형제들이 돌아가며 씹던 껌

다 쓴 노트 찢어 만들어서
장바닥 쓸고 다닌 딱지치기

이젠 다시 돌아갈 수 없어
눈시울이 붉어지곤 하네요

세월은 그렇게 가고 있네요!

- 형사조정위원장 홍욱기

졸라대다 징얼대며 보채는 아이를
짐짓 모르는 체 떼어 놓고 가고 있는 엄마처럼
세월은 그렇게 가고 있네요!

엄마 걸음 멀어지니 발버둥 치며 울어대는 아이를
짐짓 돌아보지도 않고 속으로만 안타까워하며
세월은 그런 엄마처럼 그렇게 가고 있네요!

저희들끼리 다투기도 하며 놀다가
코피가 나 엄마를 부르며 울어도 네가 알아서 하렴
모른 체하는 엄마처럼 그렇게 세월은 가고 있네요!

엄마! 엄마! 애타게 울부짖는 아이의 소리를
짐짓 못들은 체 눈물을 감추어 외면하고 가는 엄마처럼
아픈 가슴 쓸어안고 그렇게 세월은 가고 있네요!

이제는 놓칠세라 허겁지겁 달려 따르다가
넘어져 울어도 엄마는 모르는 체 스스로 일어나 걸으라며
눈물을 머금고 가는 엄마처럼 세월은 가고 있네요!

세월은 가고 있네요!
아이가 스스로 서기를 바라는 엄마처럼
인내를 키우며 내일을 향해 그렇게 가고 있네요!

검은여

– 형사조정위원 총괄총무 가충순

도비산 정상에
큰 바위 하나
부석사 스님이
화가 나 던졌던가.

잔잔한 물결에
무거운 몸 뉘어
오늘도
둥둥 떠 있구나.

바다를 뒤엎는
모진 풍파와
아픔에
미동도 없이

가충순

세월의 회한을
뒤로 하고
적돌만의
석화로 피었네.

최일성

가을

– 형사조정위원 최일성

깊은 산 개울에 떨어진 잎새
아리따운 그림자 따라 흐르네

피라미가 놀릴까 봐 부끄러워
온통 붉은색으로 물들이고

물가에 핀 산국 향기에 취해
아래로 더 아래로 내려가다

계곡을 지나 큰 강물 만나면
가기 싫은 여정의 쪽배를 탄다.

아!
하나 남은 낙엽마저 흔들린다.

조정(調整)
- 형사조정위원 정우영

앞 뜰 고구마 밭에
피어난 오이 한 줄기
무슨 인연으로
넝쿨 뻗어 싸우려 하지?

뽑아버리긴 아까워
터를 마련하고
지주목 세워 주었더니
타고 오르며 노랑꽃 피네.

몸으로 마음으로
조금씩 틈을 내어주면
갈등 없이 모두가
자기 갈 길 가는구나.

열쇠

– 검찰시민위원회 위원장 김기찬

주머니 속에
열쇠꾸러미들
두툼하고 묵직하다

집을 나설 때
또 퇴근하면서
책상서랍을 잠근다

언제부턴가
여는 것보다
잠그는 데 더 신경 쓴다

못 믿는 마음
거짓 섞인 욕심
왜 이리도 무거울까

김기찬

열쇠는 이젠
방긋이 열려있는
마음까지 잠그려 하네

김선영

주름
– 형사조정위원 김선영

옷으로
화장으로
살아온 세월 감춰도

살며시
나타나는
야속한 삶의 나이테

열심히
살았다는
격려의 훈장이라네.

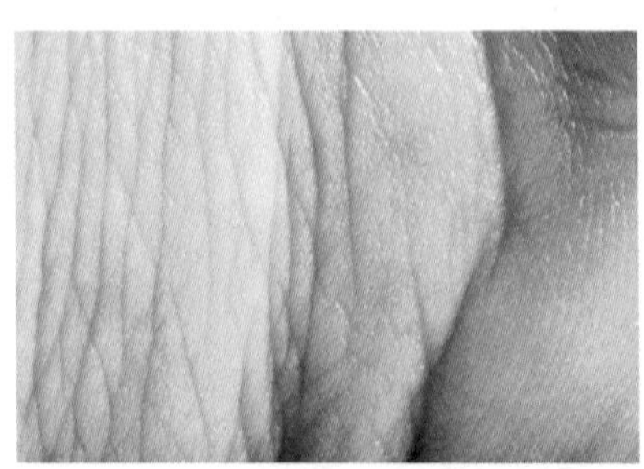

출간후기

일상을 깨달음과 감동으로 채우는 시의 힘을 통해 행복한 에너지가 팡팡팡 샘솟으시기를 기원드립니다!

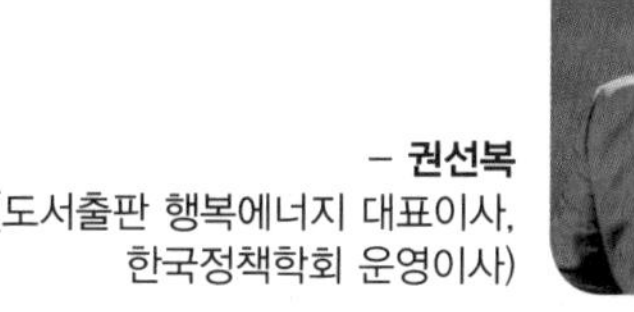

– **권선복**
(도서출판 행복에너지 대표이사,
한국정책학회 운영이사)

늘 반복되는 일상을 살아가는 현대인들, 기쁨충만하게 살아가야 할 삶이 문명의 이기로 인하여 여유가 없이 살아가고 있는 현실이 안타까운데, 마음에 온기를 전하는 시 한 편은 커다란 위로와 용기로 다가옵니다.

시집『오월이 오는 길』은 평범한 일상이 놀라운 깨달음으로 다가오는 기쁨을 독자에게 선사합니다. 현재 대전지검 서산지청장으로 재직 중인 저자는 평생 법조인의 길을 걸어왔지만, 늘 가슴 한구석에는 문학가로서의 꿈을 품어 왔습니다. 2016년 협업시집『가슴으로 피는 꽃』을 출간하고『한맥문학』으로 등단하며 그 열망을 풀어내었습니다. 그리고 이번 시집에 자신의 작품은 물론, 함께 동고동락하는 직원들 그리고 시 문화를 창출하는 지역민들의 시를 모아 멋진 작품을 출간하심에 큰 축하의 박수를 보냅니다.